청어詩人選 142

21세기 원시인의 [통일, 너에게로 간다] 시리즈 2

통일의
물꼬를 트라

신호현 시집

청어

21세기 원시인의 [통일, 너에게로 간다] 시리즈 2

통일의 물꼬를 트라

신호현 지음

발행처 · 도서출판 **청어**
발행인 · 이영철
영 업 · 이동호
홍 보 · 최윤영
기 획 · 천성래 | 이용희
편 집 · 방세화
디자인 · 김바라 | 서경아
제작부장 · 공병한
인 쇄 · 두리터

등 록 · 1999년 5월 3일
(제321-3210000251001999000063호)

1판 1쇄 인쇄 · 2016년 9월 1일
1판 1쇄 발행 · 2016년 9월 10일

주소 · 서울 서초구 효령로55길 45-8
대표전화 · 586-0477
팩시밀리 · 586-0478

홈페이지 · www.chungeobook.com
E-mail · ppi20@hanmail.net
ISBN · 979-11-5860-426-4 (03810)

이 도서의 국립중앙도서관 출판시도서목록(CIP)은 서지정보유통지원시스템 홈페이지
(http://seoji.nl.go.kr)와 국가자료공동목록시스템(http://www.nl.go.kr/kolisnet)에서
이용하실 수 있습니다. (CIP제어번호: CIP2016018618)

통일의
물꼬를 트라

신호현 시집

통일의 꿈을 시로 쓰고 기록으로 남기는 일

이 경(시인, 문학평론가, 한국문협 평생교육원 교수)

시인이며 국어교사인 신호현 선생님은 학교 현장에서 젊은
학생들에게 꿈과 희망을 불어넣어 주면서 아이들과 동화된
삶을 살고 있다. 학생들에게 시를 외우게 하고 동아리활동 문
예작가반을 맡아 문예지도를 하고 각종 문예 공모전에 아이
들을 출전시켜 상을 타게 함으로써 문학의 꿈을 키워주는 열
정적인 선생님이다.

신 시인 또한 각종 공모전에서 수상하기도 하고 시집을 5
권이나 출판하여 중견시인으로 문단에서 문학상을 타기도 하
는 등 문단의 샛별이다. 그간 서정 시집을 쓰다가 지난 5집
『우리는 바다였노라』 이후 통일시에 필(feel)이 꽂혀 통일시를
쓰면서 통일의 꿈을 키우고 있다. 통일은 박 대통령을 비롯하
여 국민 모두가 바라는 '통일 대박'이다. 그럼에도 올 듯 말
듯 진전이 없는 분단 상황에서 어떻게 하면 분단 70년에 종
지부를 찍고 대망의 통일을 맞을까 하는 마음뿐 다른 생각은
없다.

다음 시를 보면 이 시집의 주제를 알 수 있다.

우리가 그대 나라와 / 친구로 지낸 지 수천 년 / 주고받
은 약속도 수천 권 / 남북이 하나이듯 그대는 형제라 /
(중략) / 대한의 통일로 함께 번영하리니 / 그대! 남북통
일의 첫 물꼬를 트라

          - 「통일의 물꼬를 트라 1」 부분

남북통일의 물꼬를 트라 / 반도에 무궁화꽃 활짝 피워 /
함께 가자 평화의 세상으로

          - 「통일의 물꼬를 트라 2」 부분

 이 시는 박 대통령이 시진핑 주석을 만나 우정을 나누고
'권불십년(權不十年)이니 할 수 있을 때 남북통일의 물꼬를 트
라'고 부탁하면서 함께 세상을 아름답고 평화롭게 가꾸어 가
자는 주제시이다. 그만큼 중국이 남북통일에 미치는 영향력
이 크고 함께해 줄 것이라는 확신을 담은 시이다. 우리는 분
단되어 있지만 한 민족이고 형제자매이다. 그러기에 시인은

박 대통령을 '누님'으로 김 위원장을 '동생'으로 표현하여 가족애, 인류애를 상징적으로 보여주는 탁월한 비유이다.

존 맥스웰(John C. Maxwell)은 "우리 중 약 95%의 사람은 자신의 인생목표를 글로 기록한 적이 없다. 그러나 글로 기록한 적이 있는 5%의 사람들 중 95%가 자신의 목표를 성취했다."라고 말하고 있다. 신 시인은 곧 통일이 다가올 것이라는 예감을 가지고 꿈의 통일시를 쓰고 있다. 통일의 꿈을 시로 쓰고 기록으로 남기는 일은 그 꿈에 대한 확신에서 오는 행동이다. 온 국민이 '평화통일'이라는 꿈이 있으니 '그 꿈은 반드시 이루어질 것이라' 확신하며 통일의 날에 통일 시인에게도 큰 영광이 있을 것으로 믿는다.

재미있어지는 북녘 바다

바다는 바다만이 바다가 아니라 바다가 되는 것은 모두 바다이다. 그리운 것이 바다라면 그리운 것은 모두 바다이다. 더 갈 수 없는 것이 바다라면 더 갈 수 없는 것들은 모두 바다이다. 떠나는 것이 바다라면 떠나는 것들은 모두 바다이다. 바다가 미지의 세계라면 미지의 세계는 모두 바다이다.

삼면이 바다로 둘러싸인 우리나라는 이리저리 둘러봐도 바다다. 오직 북녘만 육지인데 그곳엔 휴전선이란 해안선으로 막혀진 '북녘 바다'이다. 그 바다는 더 갈 수 없어 그저 바라만 보게 한다. 함부로 해안선을 넘어가면 그 바다에 빠져 죽을 수밖에 없기에 사람들은 그 바다를 넘어가지 말라고, 넘어오지 말라고 지키고 있다. 사람들은 그 바다를 그리워하고, 그 바다에서 떠나고, 그 바다에서 희망과 절망을 이야기한다.

그 절망의 바다는 멋진 젊은이들이 탄 배를 침몰시켰고, 착한 사람들이 사는 연평도를 공포의 불바다로 만들었으며, 늘 거친 파도의 위협으로 불안스럽다. 북녘이 바다인 것이 분명한 것은 그네들이 툭하면 '불바다'를 운운한다는 것이다. 그네들의 이야기를 들어보면 어쩌면 깊은 바닷속 용궁 이야기를 듣는 것도 같고, 인어공주의 슬픈 이야기를 듣는 것 같다. 허망하고 슬픈 신념의 고래와 상어들이 우리의 외로운 섬을 위협하니 언제나 불안스럽다. 북녘이 오갈 수 없는 바다로 변하기 전에는 분명 우리와 함께 대륙의 침략을 막아냈고, 또 다른 섬나라 지배로부터 함께 독립을 노래했다.

그런데 이제는 섬과 바다가 되어 서로 다른 모습으로 살아가고 있다. 너무나 다른 모습으로 살아서 이제는 아주 다르기에 어린 학생들은 원래 다른 왕국, 먼 나라 이야기로 외면하려 한다는 것이다. 그러나 분명 섬은 바다를 그리워하고 바다는 섬을 그리워한다는 것이다. 다만 그 그리움의 표현 방식이 달라 때로는 서로에게 위협이 된다는 것이다. 바다 왕국은 솟아오른 섬이 두렵고, 섬은 언제나 출렁거리며 침몰시키려는 바다가 두려운 것이다.

그러나 이제는 섬의 솟아오른 부분을 잘라 바다를 메우면 대륙과 통하는 평평한 초원이 펼쳐진 낙원이 될 것이다. 그 낙원에는 푸른 곡식들이 넘실거릴 것이고, 자유의 동물들이 뛰놀아 눈부시게 발전할 것이다. 뜨거운 불덩이가 빛이 되어 어둠을 밝힐 것이고, 한민족의 기상이 대륙으로 뻗어 세계 경제를 논할 것이고, 세계 평화를 평할 것이다. 전정 그네들이 언제나 말하는 '지상 낙원'이 푸르게 푸르게 펼쳐지는 것이다.

예전엔 여중 총각 선생님으로 '교실'을 들여다보는 내 마음은 반짝거리며 고여 있는 작은 웅덩이를 들여다보는 것 같았다. 맑고 투명한 샘물에 물방개, 소금쟁이, 송사리, 붕어, 미꾸라지들이 헤엄치는 교실. 처음부터 웅덩이가 맑고 투명한 것은 아니었다. 10년이란 세월이 흐르고 마음속에서 샘물이 솟아오르기 시작하면서 웅덩이가 맑아지기 시작했다. 물고기들 노니는 모습이 보이기 시작하니까 비로소 교실이 재미있어지기 시작했다. 지각하는 아이들을 밉지 않게 째려볼 줄 알게 되었고, 말썽꾸러기들의 등을 두드려 줄 수 있는 여유가 생겼다. 밤새 고민하면서도 내일이 기다려지기까지 했다.

학교생활 10년쯤 하니까 이제는 '학교'가 재미있어지기 시작했다. 그 일이 그 일인 것처럼 매년 반복되는 일들 속에서 늘 새로운 일처럼 대처해 나가야 하는 학교 행사의 일상들. 선생님들이 어떻게 움직이는가에 따라 학생들의 행동이 다르게 보이기 시작했다. 그것은 교실만한 작은 웅덩이가 학교만한 좀더 큰 웅덩이로 변한 것뿐이다. 사람들은 그것을 호수라고도 불렀다. 호수는 맑고 투명하게 들여다보이지는 않았지만, 그 돌아가는 이치는 웅덩이와 별반 다를 것이 없었다. 작은 웅덩이에서 불평하는 물고기가 있고 열심히 일하며 보람을 찾는 물고기가 있었듯이 호수에서도 마찬가지였다.

그런데 어느 때부터인가 호수는 고여 있어 답답하다는 생각을 했다. 물론 산의 골짜기로부터 샘물이 마구 들어오고 그보다 많은 물들이 흘러나갔지만, 대부분의 많은 물들은 그냥 고여 있는 느낌이라 어제 그 물들이 오늘 그 물들처럼 보였다. 그래서 신문을 보니 시냇물처럼 빠르게 흐르는 '교육'이 재미있어지기 시작했다. 더러는 시냇물이다가 더러는 강물처

럼 물줄기가 넓어지기도 했다. 어느 때는 잔잔하고 고요하게
흐르다가 바위나 계곡을 만나면 폭포처럼 떨어지기도 했다.
그 속에 흐르는 물고기들은 보이는 듯하다가 안 보이기도 하
고 안 보이는 듯하다가 다시 보이기도 했다. 교육의 지평을
넓히기 위해 강가를 따라 걷기도 하고 강가를 거슬리기도 했
다. 때로는 흐르는 물속에 발을 담가 같이 흐르다가 때로는
물속에 빠져 허우적대기도 했다.

　그렇게 흘러가다가 이제 새롭게 재미있어지기 시작한 것이
'북녘 바다'이고 북녘 바다와 섬이 만나 '지상낙원'을 만드는
'통일'이다. 통일은 바다와 섬을 이어 또 다른 세상을 만들어
내는 일이고, 새 희망이 엮어내는 일이다. 누구나 만들고 싶
은 세상이지만 서로의 욕심 때문에 비뚤어질까 두려워하는
세상이다. 바다는 새로운 세상으로 통하기에 누구나 그리워
하고 가고 싶어 하지만 넘실대는 파도가 있어 바다를 두려워
하기도 한다.

역사를 돌아보면, 신라 시대 장보고는 바다를 통해 세계를 활보하는 바람이 되었다. 그가 가는 곳이 길이고 희망이 되었다. 이순신은 외로운 바다에서 조국을 지켜냈고, 바다에서 목숨을 잃었다. 연평해전에서 북녘 바다를 지키는 수병들의 희생을 잊을 수 없다. 천안함에서 넘실대는 바다의 위협을 지켜내다 산화한 젊은 영혼들의 분함을 어찌 잠재울 수 있겠는가. 예로부터 '바다를 지배하는 자 세상을 지배한다'고 했다. 바다는 신기한 곳이 많고 늘 새롭지만 사람들은 언제나 그 바다를 두려워했다.

바다가 섬을 간절히 갖고 싶다고 줄 수 없는 것이고 섬이 바다를 메우고 싶다고 평야가 되는 것이 아니다. 원하는 만큼 조금씩 다가갈 때야 비로소 바다가 열릴 것이다. 의심 많은 바다는 파도를 일렁거리며 끊임없이 위협하겠지만 조심스럽게 다가가야 하는 이유는 바다 역시 파도로 일렁거리는 모습만이 전부가 아니기 때문이다. 이웃은 바다와 섬이 평야가 되어 푸르게 솟구치는 것을 시기하고 질투할 것이다.

사람이 세상에 나매 인류를 위해 큰 일을 할 수 없더라도 뭔가 의미 있는 일을 해야 할 것이다. 시인이 바다를 바라보며 할 수 있는 일이 무엇인가. 노래를 부르랴, 춤을 추랴. 바다의 무한한 가능성을 내다보면서 거친 바다가 잠잠해져 '지상낙원'이 되는 것을 시로 읊으리라. 시를 통해 바다가 먼 바다로 밀려 나가고 섬이 대륙으로 이어져 온 세계가 하나로 연결되는 것을 노래하리라. 동물이 자유로이 활보하고 사람과 사람이 만나 악수하고 포옹할 때 시인은 춤을 추리라. 때로 폭풍이 일어 바다가 시인을 덮칠지라도 시인은 여전히 바닷가를 어슬렁거릴 것이다. 파도에 발을 담그며 희망의 노래를 부를 것이며, 조개껍데기를 주울 것이다. 왜냐하면 바다가 재미있어지기 때문이다.

　　　　　잠실동 오페라하우스에서 21세기 원시인 쓰다

※ 오페라하우스=저자가 지금 사는 집

c·o·n·t·e·n·t·s

 • • • • • 통일의 물꼬를 트라

1
통일의
물꼬를 트라

우리가 그대 나라와
친구로 지낸 지 수천 년
주고받은 약속도 수천 권
남북이 하나이듯 그대는 형제라

세계의 중심 중화여
중화의 으뜸 주석 시진핑이여
대한의 통일로 함께 번영하리니
그대! 남북통일의 첫 물꼬를 트라

통일의 물꼬를 트라 1
– 시진핑 주석

권불십년(權不十年)이니
그대 가진 높으신 권력 펼쳐
인류 공생의 대의를 노래하라
남북통일의 첫 물꼬를 트라

북녘 어린 아해 철없이
뜨거운 불장난에 취했도다
그 불똥 동서남북으로 튀리니
우린 괜찮다 걱정 없다 뒷짐 말라

우리가 그대 나라와
친구로 지낸 지 수천 년
주고받은 약속도 수천 권
남북이 하나이듯 그대는 형제라

세계의 중심 중화여
중화의 으뜸 주석 시진핑이여
대한의 통일로 함께 번영하리니
그대! 남북통일의 첫 물꼬를 트라

학생들에게

통일은 우리 남북만의 문제가 아니기에 주변국에서 협조하고 합심해야 피 흘리지
않는 평화통일이 가능한데 가장 중요한 열쇠는 중국 시진핑 주석이 쥐고 있단다.

통일의 물꼬를 트라 2

– 시진핑 주석

두려운가 그대여
70년 분단의 남북통일이
본래 한 민족의 나라 대한민국이
다시 하나가 되어 날개 치는 것이

거울을 가만히 들여다보라
대조영의 발해가 두려웠던가
삼국 분단 고구려가 두려웠는가
안정된 고려 조선이 두려웠는가

일개 성(省)만도 못한 북이
분단으로 서로 국력 기르더니
미사일에 핵으로 무장하였도다
그네들도 근심되긴 한가지련가

반도는 통일꽃 피워도
대륙으로 침범하지 않으리니
분단의 때에 대륙 정벌했고
평화의 때에 화친했노라

중화 주석 시진핑이여
남북통일의 물꼬를 트라

반도에 무궁화꽃 활짝 피워
함께 가자 평화의 세상으로

누님에게 1
– 여성 대통령

누님!
축하드리디요
여성 대통령이시라

앞서가는 남조선
최초의 여성 대통령 뽑았디요
크게라도 축하드리디요

내래 할아버지 이어
선군 정치 이어가듯
누님도 남한 발전 이어가겠디요

우리 북과 남이
통일하여 하나 되기까지
서로 존중하디요

내래 마음은
크나큰 꽃다발이라도
보내고 싶디만요

겉으로 보내지 못함을
누님 맘으로 이해해 주시구랴

속으로 축하드리디요

학생들에게

통일의 첫 마음은 서로 이해하고 존중해 주는 마음이란다. 인간적으로 생각하면
서로 축하하고 기뻐할 일도 정치적으로 생각하면 극으로 치달리게 되는 거겠지.

누님에게 2
– 누님

나이가 어리다고
누님이라 칸다고
서운케 듣지 마시디요

나이는 어려도
북조선 국무위원장이고
인민의 원수이디요

누님보다
나이 많은 MB에게
형님이라 했었디요

내겐 누님도 없디요
누님이라 해야 가족으로
북과 남 서로 오가겠디요

나라 평화 이루고
인민 부강 이루어
통일 조국 앞당깁시다요

학생들에게

북한이 피를 나눈 한민족이고 한 동포라면 모두가 부모형제요, 형제자매인 것을
생각하면 '누님과 동생'이라 생각할 수 있단다.

누님에게 3
– 아들 낳거든

누님!
내래 이번에
둘째 임신했디요

첫애가 딸이라
백두산 날씨 따숩거든
아들 하나 보갔시요

남조선에선
독재세습이라 카는데
뭘 모르는 소리디요

누님도 아시다시피
우린 조선민주주의인민공화국
백두혈통 왕조로 이어가디요

아들 낳거든
완도 미역이나
한줄기 보내주시라요

학생들에게

북한은 광복 이후 조선왕조의 전통을 이어가고 있다고 생각하기에 '조선민주주의인민공화국'이라 하고 백두혈통에 따라 정권을 세습하고 있단다.

누님에게 4
– 통 큰 용단

원래 한 나라디만
나뉘어 따로 다스리니
나라와 나라간에 비방맙시다래

인민 마음 흔드는
불온 삐라 뿌리기 마시고
휴전선 비방 발언 맙시다래

누님네가 잘 사니
영양 결핍 아이들 위해
우유가루 보내 주시디요

남측에서 충분한
비료 예전만큼 보내시고
민간지원 쌀 보내라요

구차하기 맘 상하니
우리가 달라함이 아이니
방송에 나댈 일 아이지요

남측에서 제안한
통 큰 용단에 감동하여

이산가족 상봉 수락함네다

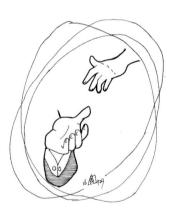

학생들에게

평화통일이 되려면 먼저 지도자가 만나서 통 큰 용단을 해야 하는데 지도자가 만
나려면 서로 간에 신뢰 프로세스가 형성되어야 한단다.

대통령의 유엔 연설

– 유엔 창립 70주년

온 세계를 덮었던
흙빛 먹구름 걷히던 날에
유엔 창설자들은 원대한 꿈꾸었노라

하나님 주신 거룩한 이 땅에
국제 평화 개발 인권 증진으로
사람이 중심 되는 세상 만들어 보자고

끝없는 어둠 욕심의 골짜기에서
네 이웃을 네 몸과 같이 사랑하라시던
빛의 계명 향해 70계단을 올랐노라

뜻을 같이 하는 국제간의 협력으로
평화와 개발 인간 사랑을 우선하자고
세계 193개 국기가 함께 펄럭였노라

그럼에도 세상은 아직 미명에
저마다의 정의 찾아 포탄 날리고
죽음의 고통에서 신음하고 있노라

미개한 지역에 질병과 굶주림
테러리스트의 막춤과 인권 말살로

부녀자와 어린이의 고통이 크더라

한 가족이라 어깨동무 둘러앉아서
뒷전으로 전쟁하고 인권 말살하는
비열한 나라를 힘 합하여 응징하라

꿈꾸는 자 꿈꿀수록 일이 많듯이
유엔의 깃발 아래 동그랗게 사는 꿈
푸른 비둘기 세계만방에 날려 보내라

학생들에게

유엔 창립 70주년 기저연설을 우리나라 박 대통령이 하였단다. 세계적으로 냉전
은 종식되었다지만 아직 전쟁과 테러, 가난과 난민 등 국제 평화를 위한 반기문
사무총장의 행보는 멀고 험난하단다.

유엔 북한 인권회의

그대 힘이 있거든
갇힌 자 자유하게 하라
억눌린 자 노래하게 하라
묶여 있는 자 달려가게 하라

제 나라 군주가
제 나라 인민 가두니
제 나라 백성이 주리도다
제 나라 백성이 헐벗도다

사람이 살면 얼마나 사뇨
이래라 저래라 남 간섭하고
그리하나 안 하나 감시하고
제 욕심에 남 목숨 잡는도다

다스리지 못하면서 다스리고
내려펴지 못하면서 올랐구나
그대가 살아 인민이 부자되고
그대가 다스려 자유하게 하라

그대 힘이 있거든
갇힌 자 자유하게 하라

억눌린 자 노래하게 하라
묶여 있는 자 달려가게 하라

남북 대화

우리네 남북한 더 이상
서로 헐뜯고 싸우지 맙시다려

알고 보면 한 민족 먼 친척
한 다리 건너면 한 형제인 것을

그네들 힘세다 자랑 말고
우리네 확성기 방송 끕시다려

그네들 홍수 나면 우리가 돕고
우리네 젊은이 취업 도와줍시다려

개성 금강산 백두산 활짝 열고
체육 문화 교류 굳건히 합시다려

이산가족 시시때때 만나고
경제 협력 높이 상생합시다려

동으로는 독도 도발 함께 막고
서로는 해상도발 억제합세구려

서로서로 나누어 평화하고

서로서로 화합하여 통일합세구려

학생들에게

남북 간에 갈등으로 치달려 일촉즉발 준 전시상태의 위기를 맞아 남북 간 대표들이 만나 위기를 극복하고 남북 공동합의문을 발표하였단다.

통일 하나

통일 쉽게 하려면
북한 지도자 이만오천 명
명단을 뽑아 통일 후
비전을 제시하라

아파트 25평 제공
연금 300만 원 지급
금쪽 텃밭 200평 제공
가족 의료비 전액 지원

통일 리더 마을 조성하여
서로 단합하며 모여 살든지
아무도 모르는 산골 마을
남몰래 살든지 택일

분단으로 갈등하며
수령 눈치 보며 사느니
노후보장 받는 안심 세상
남북통일로 이루라

학생들에게

상위 0.1%는 그 성공적인 삶을 보장 받아야 한단다. 이만 오천 명은 북한의 리더 상위 0.1%다. 통일이 되어 보장 못 받는다면 누가 통일이 되기를 바라겠는가.

통일 둘

통일 쉽게 하려면
통일 후 안정된 세상
투명한 비전을 보여라
공평한 세상 만들어라

땅은 농사 가구당 주되
논밭 합하여 이천 평이라
고향 떠나면 주지 않으리라
청년은 동네 공장 다니라

인건비로 외국 가는 기업
북에 공장 세우면 땅 주고
땅값 대신 마을 지어주라
마을 청년 고용 상생하라

기업과 마을이 묶여
기업은 마을복지 늘리고
마을은 기업생산 올려라
멋진 통일 세상 이뤄보자

학생들에게

통일이 되면 국가나 기업이 마을과 MOU를 맺어 조립식 주택을 지어주면 통일 후 금방 북한 주민들도 좋은 집에서 살 수 있을 것이란다.

대한민국 코리아

나는 사랑하노라 대한민국 코리아
눈비 내리나 오매불망 사랑하리라
남녀노소 빈부귀천 모두 사랑하리라

대한민국 코리아에서 태어나
대한민국 코리아에서 살다가
대한민국 코리아에서 묻히리라

이순신이 목숨으로 지켜내고
안중근이 목숨 바쳐 찾아내고
백범 김구가 꿈꾸던 통일조국

이 땅에 아이들을 가르치고
이 땅의 아이들에게 희망 심었기에
이 땅의 아이들을 목 놓아 자랑하리라

내가 부족하여 못다 이룬 꿈
너희들이 이어가리니 다행이고
꽃처럼 번영할 것이니 행복하노라

그 이름만 들어도 뜨거운 노래
그 노래만 들어도 마구 뛰노는 가슴
그 가슴으로 대한민국 코리아 외치노라

 통일의 물꼬를 트라

2
미친 듯이
살고 파라

미친 듯이 살고 파라
미친 듯이 뛰고 파라
미친 듯이 웃고 파라
미친 듯이 울고 파라

흰 눈에 강아지 뛰듯
그대만 내게 있다면
나 미쳐도 좋으리라
나 죽어도 좋으리라

미친 듯이 살고 파라

미친 듯이 살고 파라
미친 듯이 뛰고 파라
미친 듯이 웃고 파라
미친 듯이 울고 파라

흰 눈에 강아지 뛰듯
그대만 내게 있다면
나 미쳐도 좋으리라
나 죽어도 좋으리라

제대로 웃지도 못하고
제대로 울지도 못했노라
아무 생각 없이 살았노라
아무 행동 없이 살았노라

그대만 내게 있다면
미친 듯이 뛰며 살리라
미친 듯이 웃으며 살리라
온 세상 호통하며 살리라

학생들에게

흰 눈이 내리면 강아지들이 미친 듯이 뛰어 다니듯 통일이 온다면 백두에서 한라
까지 뛰어 보리라. 아무 생각 없이 아무 행동 없이 미친 듯이 살고 파라.

나의 앞은

좌청룡 우백호
남주작 북현무
남은 앞 북은 뒤라서
북은 남으로 침략하는가

역사를 배워도
풍수지리 배워도
언제나 북향이니
나의 앞은 북쪽이라

남주작 북현무라도
좌백호 우청룡이니
남은 뒤 북은 앞이라
나는 북으로 달려가노라

남쪽 붉은 봉황이
검은 거북 만나 통일하고
왼쪽 흰 백두 호랑이
동해 푸른 용과 통일하리라

학생들에게

풍수에서 남쪽이 앞이지만 북녘 동포 바라보는 내겐 언제나 북쪽이 앞이란다. 용,
호랑이, 봉황, 거북이가 만나 하나 되기 위해 앞으로만 달려가는 마음이란다.

평산(平山) 1

.

본이 어디냐 물으면
평산 신가라고 대답해요
평산이 어디냐 물으면
북녘 땅에 있다 하오

내 아버지의 아버지
내 할아버지의 할아버지가
호랑이 담배 필 적부터
살아온 땅 평산

내 살아 가 보지도
내 살아 밟지도 못한
내 마음 속 전설의 땅
내 가슴 속 꿈의 땅

천국에 가기 전에
꼭 한번 가고픈 땅
아름다운 꽃이 만발할
내 본의 고향 평산

학생들에게

월남 가족도 아니고 탈북 가족도 아니고 북녘과 관계된 곳이라곤 내 성의 본향
평산. 통일 되면 가보고 싶은 곳이란다.

평산(平山) 2

파주 자유의 다리에서
꿈꾸는 개성공단 지나
평양 개성 간 고속도로로
한 시간도 안 걸리는 곳

동쪽은 금천과 신계
서쪽은 벽성과 재령
북쪽은 봉산과 서흥
남쪽은 연백으로 닿는 땅

황의산 아래
예성강 상류가 흐르고
화양천 누천 남천 지나는
인심 좋고 물 맑은 땅

내 본향의 땅
가슴 속 그리운 땅
북녘 평화의 동산(平山)에
무서운 핵꽃 피어오른다네

학생들에게

2008년 냉각탑이 폭파된 영변 핵시설이 평산으로 옮겨졌단다. 조용하고 살기 좋은 평화의 동산(平山)에 무서운 핵꽃이 피었단다.

미건 동이 살고 싶다

햄스터에게

밤새도록 잠 안 자고
종일토록 쳇바퀴 돌리며
끊임없이 달려가는 곳
네 가고픈 곳 어디니

밤새도록 잠 못 자고
종일토록 이 생각 저 생각
끊임없이 달려가는 곳
내 가고픈 곳 어디니

산 넘고 물 건너
이 방향 저 방향 달려
목말라 지치도록 가다가
우리 만나는 곳 어디니

백두산도 좋아라
금강산도 좋아라
끊임없이 꿈꾸는 땅
평양이면 더욱 좋아라

학생들에게

햄스터를 키우는데 어디를 그리 가고픈지 밤새도록 쳇바퀴를 돌려서 혹시 나보다 더 햄스터가 평양에 가보고픈 것은 아닌지.

42

명의

일요일 아침
계단에서 넘어져
오른무릎을 다치니
삐끗삐끗 다리를 절었다

명한 의원 찾아가니
오른무릎은 손대지 않고
왼손등에 침 세 방 놓으니
기적처럼 일어나 걸었더라

그네 북녘이
삐끗삐끗 절으면
여기 남쪽에 일침 놓으면
멀쩡히 일어나 걸으리니

그네와 우린
어차피 한 몸 되니
딱딱히 굳어진 마음에
일침 놓는 명의 되리라

학생들에게

한의원에 가면 아픈 곳에 침을 놓는 곳이 있고, 아픈 곳 주변에 침을 놓는 곳이
있지만 명의는 아픈 곳과 멀리 떨어져도 혈을 잡아 침을 놓는단다.

큰일

설날 명절에 온 가족이 모였네
뉴스에선 아나운서 고향도 안 가고
북녘 핵 때문에 큰일이라고 야단이다
채널을 돌려도 연실 했던 말 또 한다

큰아빠는 해물탕을 드시면서
일본 원전사고 때문에 큰일이라고
요즘 먹을 것이 없다고 야단이라며
숟가락으로 해물탕 연실 퍼드신다

할아버지는 가뭄 때문에 큰일이라며
비 오지 않는 하늘 연실 올려보시고
할머니는 무릎이 아파 큰일이라며
아픈 무릎 만지고 연실 또 만지신다

올해 대학 졸업하는 조카는
취업이 안 되어 큰일이라 하고
사촌은 사십 다 되도록 시집 안 가
작은 어머님 연실 않는 말씀하신다

나는 남북통일 안 되어 큰일이기에
갈수록 무기 경쟁 치달리는 갈등 보며

머잖아 다가올 통일 대박 기운 담아
통일 기원 통일시만 연실 써댄다

학생들에게

우리 민족에게 정작 큰일은 무엇일까. 갈수록 큰일은 많아지는데 그중에 가장 큰
일은 통일이 아닐까? 통일이 되면 핵도 사드도 필요없고 청년 실업도 걱정없는
세상이 오지 않을까?

북측 선수단 1
– 북조선

우리는 자랑스런
조선민주주의인민공화국
대표 선수단입네다

남조선에서 부르는
북한이란 말
그렇게 부르지 맙시다래

나라 명칭도 모르면서
어찌 우리 환영하리요
현수막 떼시기리요

우리네 합의한
북측이라거나
북조선으로 불러주시기요

북측 선수단 2
- 맛있습네다

그네와 우린
사상이 달라도
체제가 달라도
입맛 뿌리 같도다

그네 운동하느라
얼마나 배 곯았노
맛있는 음식 골라
많이많이 드시게나

그 맛난 음식
얼마든지 많으니
하루 빨리 통일하여
북녘 동포 함께 먹세

스포츠로 하나 되고
음식으로 하나 되어
맛있습네다 맛있습네다
통일 세상 외쳐보세

학생들에게

맛있고 푸짐한 우리 음식으로 북녘 동포 함께 나눠 먹는 평화롭고 행복한 통일세
상 만들어 보자꾸나.

회식을 하며

연말 사랑하는 사람끼리
지난 일 년 잘 살아왔노라
함께 고생하며 살아왔노라
여기저기 회식꽃이 핀다

먹고 또 먹고
마시고 또 마시며
서로 용서하고 위로하며
배가 터지도록 먹어댄다

기쁘고 즐겁고 대견한데
가슴 한편 대못 치는 아픔
그네들 북녘 배곯는다는 말
이 음식 함께 나눌 수 있다면

우리나라 한반도
이미 하나인 우리가
총포 드리울 이유가 뭔지
넝쿨처럼 얼싸안으면 그만인 걸

그네들 마음 열면
쌀을 싣고 달려가리다

김장김치 가득 담가주리라
알고 보면 서로가 형제자매인 걸

학생들에게

형제자매는 어느 한쪽이 잘 살고 잘 먹어도 늘 가슴 한편에는 대못 치는 아픔이
있단다. 마음 문 살짝 열면 얼싸안고 나누며 행복할 수 있는데……

동지

12월 동지가 찾아오니
칼같이 매서운 바람
문틈으로 파고들어
집안 가득 싸늘하구나

보일러 스위치 올리고
온풍기 사알짝 올리면
우리네야 그깟 동지
매서울 바 없다지만

그네들 동지 있는 곳
바람보다 매서운 독재
파고드는 허기와 추위
북녘 가득 시려울 텐데

그네는 황제처럼
배부르고 등 따습다지만
반도 곳곳 찾아온 동지는
동지도 아닌 적이구료

이제는 내 동포 향한
총포 내려 핵 재우고

가슴 깊이 한 동지 되어
솜이불 함께 덮자구료

학생들에게

동지가 오면 북녘 동포들의 추위를 생각하며 함께 따뜻한 세상에서 함께 사는 날
을 생각한단다.

그네 오소서
– 석촌호수에서

그네여 사랑하는 그네여
여기 남한 사람 사는 모습
그네 북녘에서 궁금하시거든
여기 석촌호수 놀러 오소서

자유 없는 그네들 삶에
자유 불어주고 싶으오
사랑 없는 그네들 삶에
사랑 불어주고 싶으오

아픔 많은 이 세상
그 아픔 호숫물에 띄우고
하염없이 맴돌아 잊어가는
가슴 속 깊은 슬픔이여

우리 어찌 한 형제 되어
총칼 맞대는 사이 되었나
깊은 애증의 가슴으로
사랑한다오 그네여

학생들에게

팔자 모양 석촌호수 돌다보면 살며 미운 사람도 잊히고 그리워지듯이 북녘에도
석촌호수 있어 돌다보면 서울사람 그리워지겠지.

3
국어시간에

그 아픈 6·25는
평화로운 휴일 새벽에
북한이 남으로 침범했으니

북침이라 해야 하니
남침이라 해야 하니
너희들은 대답할 수 있겠니

국어시간에 1

– 남침

북침은 북한이
침범한 것이 아니라
북으로 침범했다는 뜻이란다

남침은 남한이
침범한 것이 아니라
남으로 침범했다는 뜻이란다

그 아픈 6·25는
평화로운 휴일 새벽에
북한이 남으로 침범했으니

북침이라 해야 하니
남침이라 해야 하니
너희들은 대답할 수 있겠니

학생들에게

6·25가 북침인지 남침인지도 모르는 너희에게 '북침'이라 가르치는 사람이 있단
다. 북한이 남으로 먼저 침범했으니 분명 '남침'이란다.

국어시간에 2

– 무력 통일(無力 統一)

3년 안에 그네가
인민 소망 무력 통일
한반도 활짝 피우신다고요

그토록 통일 열망으로
인민 가지마다 봉오리마다
찬란히 빛날 통일꽃이여

그네의 무력 통일은
나와 내 이웃 살리나요
인민 백성 구원하나요

세상에 힘 안들이고
그리 쉽게 피울 통일꽃
이리도 힘들게 끌어 왔다지요

그네 선친도 못 이룬
그네 통일 꿈이 피어오르니
노벨평화상 안겨드리지요

북측에서 한 사람
그네만 마음먹으면

힘 안들이고 통일한다지요

3년 안에 피우소서
인민의 꿈 한반도 통일꽃
여기저기 활짝 피우소서

학생들에게

김○○ 위원장이 3년 안에 무력 통일(武力 統一) 이룬다고 했단다. 무력(武力)을 무력(無力)으로 바꾸니 전쟁 없이 피 없이 얼마나 좋은가.

국어시간에 3
– 선생님 간첩

틈만 나면
북한 영화 보고
간첩 이야기 보고
북한 관련 책 보니

우리 반 아이들
선생님께 하는 말
–선생님 간첩이세요
  맨날 북한만 봐요

북한을 알아야
통일시를 쓰든
가난한 북한 돕든
무엇인가 할 수 있겠지

–북한 이제 지겨워요
  제멋대로 핵 만들고
  제멋대로 미사일 쏘고
  선생님 지겹지 않으세요

–핵은 원자력으로
  미사일은 우주선 쓰면 되지

언젠가 이뤄질 평화통일
당기면 끌려오지 않겠니

소원을 이루려면 자나 깨나 통일 기도하고 통일 뉴스 보고 통일 아이디어 연구해
야겠지. 선생님의 소원도 통일이란다.

국어시간에 4

– 북한 잠적

꿈속에서
어쩌다 몰래
분단 철책을 넘어
북녘에 숨어들었다네

고등중학교 학생이 되어
아침에 전학생인 듯 등교했는데
남한에서 몰래 전학 왔단 말에
초능력 가진 사람처럼 부러워하네

내게 우르르 몰려들어
남한엔 배불리 먹는단가
남한엔 따뜻이 입는단가
가고픈 곳 맘대로 간단가

연거푸 쏟아지는 물음에
남한 생활 자랑하다 보니
내가 잘난 듯 영웅인 듯
남한 생활엔 초능력 많단다

규찰부 걸리면 일 난다고
친구들 그네 말 가르쳐 주고

그네 함께 공부하며 놀았다네
여럿이 노래하며 행진하였다네

70년대 중고등학교
까까머리의 다정한 친구들
30년 세월 어디 갔나 했더니
북녘에서 그렇게 살고 있었구나

학생들에게

선생님의 학창시절 까까머리 친구들이 북한에 지금 살고 있는 듯한 생각에 꿈속
에서도 통일을 꿈꾼다.

국어시간에 5
– 휴전선

반도의 허리에 드리운
낡고 굵은 전선

너무나 꽉 매어
피도 정도 통하지 않네

털모자 쓴 아저씨
코 큰 나라 아저씨

힘센 손으로 묶어
양쪽에서 당기는 선

아저씨 아저씨
힘센 손 놓아 주세요

우리끼리 풀어서
숨 쉬며 살고 싶어요

학생들에게

남북 분단은 일제 독립을 우리 힘으로 이루지 못해 미국과 소련이 북위 38도선
을 경계로 남과 북으로 나누었단다.

국어시간에 6

– 어떤 아이

고등학교 시절
우리 반에 어떤 아이는
군용 대검 어디서 구했는지
가방 가운데 가지고 다녔다

칼에 왁스 바르고
친구들을 위협하고
잦은 심부름도 시키고
손가락 사이 찍기도 했다

내가 반장으로
칼 가지고 오지 말라
친구 위협하지 말라 하니
내 책상도 찍는 도발을 했다

선생님께 말씀드렸더니
고자질했다고 날 찌르겠다며
초조하고 불안해하던 그 아이
수업 중에 허벅지에 들이댔다

친구와 우정 쌓고
공부해야 하는 시기에

칼 믿고 우쭐대던 그 아이
직장 없이 가난하게 살더라

NLL 포격 도발
그네 손에 핵 믿고
통일하자는 남쪽 친구
초조함에 책상 찍어대는가

학생들에게

친구와 사이좋게 지내고 서로 공부하는 데 도움 주는 상생이 아니라 칼로 위협하
고 우쭐대다 보면 결국 제 살 길을 못 찾는단다.

국어시간에 7

– 오월 장미

70년 전 하루아침에
38선 넘어 쳐들어 왔듯

오월 장미가 슬금슬금
붉은 담장 넘어 오네요

하이얀 한반도 곳곳
붉은 물감 뿌렸듯

우리의 통일도
하루아침에 오겠지요

국어시간에 8

– 품사 숙제

'우리의 소원은
통일이다'
이 문장을
품사로 품으면

'우리'는 대명사
'의'는 조사
'소원'은 명사
'은'은 조사
'통일'은 명사
'이다'는 조사

중학교 1학년
우리에겐 어렵지만
우리 세대에 풀어야 할
우리의 품사 숙제

학생들에게

국어시간에 문법만 나오면 어려워하는 너희를 보면서 어쩌면 통일은 문법보다
쉽지 않을까 생각했단다.

국어시간에 9
– 금강산

배 타고 물 건너
어둠 속 숨죽인 항구에서
추위에 떨고 있던 마을
빛으로 바라본 산

버스 타고 산 넘어
남한 같은 자유 마을
새둥지 같던 온정리
꿈꾸며 바라본 산

기차 바람 타고
꽃 피고 노래하는
아름다운 금강산역
춤추며 바라볼 산

마음 문 살짝 열면
백 번이라도 가고픈 곳
구룡폭포 만물상 일만 이천 봉
통일의 기운이 가득한 산

학생들에게

금강산에 두 번 갔었지만 통일되면 언제라도 다시 가보고픈 산이란다.

국어시간에 10
- 희곡 〈들판에서〉

동이 트는 새벽
청와대 상황실에
다급한 민들레꽃이 울렸다

북측 김○○ 위원장이었다
박○○ 대통령이 전화를 받았다
-누님! 저예요. ○○이……
  무슨 일이예요

사실 어머니뻘은 되었는데
박 대통령 그 한 마디에 웃음이 난다

-그래 우리 동생 보고 싶었네
  저도 누님이 보고 싶었어요

민들레꽃을 타고
70여 년 그리움이 흘렀다

-우리 이제 저 벽을 허물어요
  그래, 그러자꾸나. 내 바람이었다네

대통령 비서실에 환호성이 울렸다

로동당 비서실에서 박수소리 들려왔다

벽을 허물어 들판을 펴고
전망대 총 측량기사에게 돌려주고
들판에서 내어 쫓았다

들판에 따스한 햇빛이 비치고
참새 까치소리 지저귄다

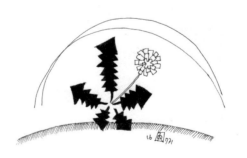

학생들에게

우리 신나게 배웠던 희곡 〈들판에서〉처럼 측량기사에게 속아 형제간에 싸우다가
화해하고 철조망 걷어내어 통일을 이룰 수는 없을까?

국어시간에 11

− 누나의 부탁

북녘에 김 위원장
내게 누님이라 했으니
나도 동생에게 부탁하네
가족 같은 마음으로 부탁하네

우리 남녘에
진도 부근 해역에
여객선 세월호가 침몰했다네
맹골수로에 갇혔다네

우리네 남녘에
용맹한 잠수부들도
꽃 같은 어린 학생들
살아 구조하지 못했다네

그네 북녘에
용처럼 날랜 용사
산채로 건져낼 수 있다면
내려와서 도와주시게나

그네들은 자나 깨나
우리 남녘 호시탐탐

물속으로 넘나들었으니
어린 목숨 건질 수 있잖겠나

차마 부탁 어렵지만
내 이미 가용한 방법으로
우리 아이들 구조한다 했으니
동생한테 부탁하게 되었네

한 나라 한 민족으로
머잖아 어깨동무 통일되면
누이 좋고 동생 좋은 세상
함께 나누며 살아가보세

학생들에게

형제자매는 어려울 때 만사 제쳐놓고라도 서로 도울 수 있어야 한다. 남과 북은
적이지만 서로 형제이다. 서로 아플 때 말없이 도와주는 모습이 그립단다.

국어시간에 12

– 기사문

지난 20○○년 8월 15일
자유의 다리 넘어 판문점에서는
김○○ 위원장과 박○○ 대통령이 모여
남북간 분단의 높은 벽 허물어
민족의 소원 통일 이루자는데
전격 합의를 했다

1945년 미소(美蘇)에 의해
분단 대립되었던 삼팔선
처절한 동족상잔의 비극 휴전선
남북 정상 합의로 무너뜨렸다

스웨덴 왕립 과학원은
2,500만 북한 동포들에게
자유 평화의 새 희망을 불어준
북측 김○○ 장군위원장에게
노벨평화상을 수여하기로 했다

이로써 대한민국은
민주주의 물결을 불어넣은
김대중 전 대통령에 이어
두 번째 노벨평화상을

수상하게 되었다

4
빛과 어둠

그네 인민들은
참 대단도 하오

제대로 날지 못하고
제대로 덮지 못해도
천리마 새벽별 보기라

추위에 목숨 놓고
배고파 곡기 끊어도
장군님 은혜라 춤추고
캄캄한 어둠 속에서 빛이라네

빛과 어둠

그네 인민들은
참 대단도 하오

제대로 날지 못하고
제대로 덮지 못해도
천리마 새벽별 보기라

추위에 목숨 놓고
배고파 곡기 끊어도
장군님 은혜라 춤추고
캄캄한 어둠 속에서 빛이라네

우리네 백성들은
불평 원망 가득하오

더운 물 목욕 펑펑
피자 불고기 배불러도
언제나 배고프다 목마르다
나라님 탓하느라 투쟁하오

학교 공부 힘들다고
입시 취업 힘들다고

아기 키우기 힘들다고
화안한 빛 속에서 어둡다 하네

학생들에게

저 어둠의 땅에 속하지 않음을 이 빛의 땅에 속함을 감사해야겠지. 물론 어둠 속
에 별이 빛나듯 밝음 속에도 그림자는 있단다.

공산주의

함께 일하고
함께 나눠 먹으면
모두가 웃음꽃 세상 되는가

내 것이 네 것이고
네 것은 당의 것이라면
다 같이 부자 되고 잘 살겠는가

먹는 것도 수령
입는 것도 수령
모두가 수령 합창하는구나

함께 나눠 먹자며
그네만 먹고 배부른 것을
인민들은 알고 있을까

학생들에게

함께 나눠 먹고 함께 입으면 얼마나 행복할까? 함께 일하고 함께 소유하면 부자도 가난한 사람도 없으리라는 착각이 모두가 가난해지는 세상이 될 것을 그네들만 몰랐단다.

페친 착각

새벽 아침
희소식 알려주는 까치처럼
스마트폰 진동이 울렸다

김정은 님이
회원님과 페북 친구가
되고 싶어 합니다

반가운 마음에
토끼처럼 동그란 눈으로
요청 수락을 눌렀다

회원님은 이제
김정은 님과 친구입니다
– 우와! 신난다

그런데 어찌 알았지
통일시인 원시인의
페이스북 계정을

이젠 북한에서
페이스북도 하고

핸드폰이 통화되나봐

어머니날

그네 땅에
어머니날이 제정되었다지요

이네 땅에도
어버이날이라 하여
효로써 부모 공경을
국가적으로 가르친다지요

뿌리 없는 나무 없듯
어머니 없는 자식 있겠나요
그네들 참 잘하셨다지요
한마음으로 축하드려요

군인 가족의 어머니들
자식 많이 낳은 어머니들
부모 없는 아이 맡아 키운 어머니들
모두가 민족의 어머니들이라지요

속내야 어떻든
그렇게 아래로 달려가세요
그렇게 민중의 어버이가 되세요
뉴스 보며 가슴이 벅차더이다

성선화(性善花)
– 그네 한 송이

백 꽃송이 중에
아흔아홉이 활짝 피니
오직 한 송이 욕심에 잡혀
다른 송이 휘감으려 하도다

그네 꽃송이 이천오백만 중
이십오만 꽃송이 시들었으니
따스한 햇볕 따라 바람 따라
다른 꽃송이 짓누르도다

이십오만 꽃송이 중에
이천오백 꽃송이 시들고
이천오백 꽃송이 중에
이십오 꽃송이 시들었으니

이십오 꽃송이 중에
오직 그네 검은 한 송이
햇볕 접고 바람 고이 접으면
천하 꽃송이 만발하리라

학생들에게

꽃은 홀로 피는 것보다 무리지어 활짝 필 때 더욱 아름답듯이 인민화도 한 송이
만 활짝 피는 것보다 모두가 함께 활짝 피는 것이 아름답단다.

고무줄놀이

동네 골목 어귀에서
할머니 할아버지 고무줄놀이 한다
70년 꼬부라진 허리를 활짝 펴고
흰머리 푸른 하늘로 뻗쳐오른다

백두의 남동생과
한라의 누님이 고무줄 잡고
길게 당겼다가 짧게 오므렸다가
무릎에 걸었다가 가슴께로 올린다

동네 사람들 모여들어
손에 손 잡고 강강술래 하듯
박수 치며 통일노래 부른다
아리랑 아픈 가슴 쓸어내린다

가슴 속에 꼬깃꼬깃 접어둔
주름살 가득 그리움 얼싸안아
땅을 짚고 만세를 부른다
서로 마주보며 웃는다

학생들에게

고무줄놀이를 해보았겠지만 어느 한쪽이 축 늘어져도 할 수 없는 놀이이듯 통일
놀이는 서로 당기고 늘여가며 모든 인민 백성이 박수칠 수 있도록 해야 한단다.

무너지는 가슴

서로 사랑하지 않아도 될 만큼
그네는 외롭지 않더이까
서로 의지하지 않아도 될 만큼
그네는 나약하지 않더이까

외롭지 않을 때
아름다운 사랑 나누고
병들지 않을 때
함께 춤출 수 있다면

산이 돌같이 깨지고
바다가 홍수처럼 뒤집혀져야
사랑의 높이 아시렵니까
평화의 깊이 아시렵니까

불러도 외면하고
돌아서서 아쉽다 하는 그네여
안타까운 그네 모습 바라보면
한 가슴이 무너지더이다

학생들에게

함께 나눌 수 있을 때 인민을 사랑하고 동포를 사랑하면 얼마나 좋을까. 사랑할
수 있는데 돌아서 외면하는 그네를 보면 무너지는 가슴이란다.

실업자의 꿈

난 말이야
통일을 반대해
나도 먹고 살기 힘든데

가난한
북한 사람들
어찌 먹여 살리지

하지만 만약
이 땅에 통일이 온다면
북녘 하늘 활짝 열린다면

아빠한테 말해서
평양 사거리에 작은
커피집 하나 내야지

학생들에게

통일은 어른들을 위한 것이기도 하지만 분단 비용으로 갈수록 힘들어지는 남북한 청소년 미래세대를 위한 것이기에 '통일 대박'이란다.

북녘 동포여

사랑하는 북녘 동포여
태양이 뜨고 태양이 지고
어둠이 빛 되고 빛이 어둠 되면
그대 맘속에 갈급함이 있는가

가여운 북녘 동포여
금강에 올라 자유 외치고
백두에 올라 평화 외쳐라
그대 가슴 속 풀어 헤쳐라

양 같은 그대 독재 낳고
사슴 같은 그대 억압 되나니
우리 한 번 크게 외쳐봅시다려
노래 부르고 춤춰 봅시다려

이 어둠의 땅에 불을 지피세
이 갈급한 땅에 빛을 발하세
참았던 울분 억눌린 감정이여
자유 평화 통일 만들어 봅시다려

학생들에게

옛 말에 '울지 않는 아이 젖 주지 않는다' 고 인민들이 자유 향한 외침이 평화통일을 가져오는 힘이란다.

달팽이
― 탈북 동포

등에 달린 목숨 하나
갈 길은 멀고

저 강을 어찌 넘나
죽음이 막고 있네

한 번 사는 목숨
푸른 이슬 먹고파

가도 가도 삼만리
생명선 넘고 넘어

마른 풀숲 그늘에서
연체가 다 닳도록 기어

마침내 푸른 낙원
따스한 햇빛 누리네

학생들에게

자유를 찾아 철책을 넘는 일은 목숨을 새로 찾아가는 힘든 일이란다. 하지만 저 철책 너머에 자유가 있다면 달려가야 하지 않겠니?

종북(終北) 콘서트

자유의 땅 서울 한복판에서
누구를 위하여 종북 울리는가
마이크 들어 찬양 노래 부르면
그대 가슴에 태양이 떠오르는가

서울보다 자유한 곳이
그대 머물렀던 평양이더냐
우리네는 눈멀고 귀 막았더냐
탈북동포 외침 듣지 못하였더냐

종북 나팔 크게 울릴수록
그네 땅 돕자는 마음 접어지고
가슴가슴 원망 소리 높아지니
어이할꼬 종북이 종북(終北)됨을

그대 찬양 소리 높을수록
삼척동자 교실마다 분노한다
그네 미소로 통일 소원 멀어지니
통일되면 어이하리 그네 모습

학생들에게

원래 종북(從北)은 '북을 따른다'는 말인데 여기서 종북(終北)은 '북을 마친다'는 뜻
으로 자유의 서울에선 한쪽에 치우치면 반대로 원망의 춤을 춘다는 뜻이란다.

86

가출 콘서트

우리 학교 중2 여학생
서울 광화문 한복판에서
커다란 마이크에 대고
가출 콘서트 한다

엄마는 왜 그래
옆집 오빠는 친절하고
맛있는 요리 많이 사주고
푹신한 침대에 재워주는데

엄마는 왜 그래
맨날 김치찌개에
하이얀 쌀밥만 주고
공부하라 잔소리만 하고

전 옆집 오빠 좋아요
머리 짧게 올린 모습
부잣집 아들 통통한 몸매
내 가슴 속 영원한 남자

옆집 종들이 굶주리는지
원망소리 난 듣지 못했어요

내가 사모하는 건 옆집 오빠
그 오빠가 품어주시는 은혜뿐

더 이상 내게
미래 말하지 말아요
엄마의 잔소리 지긋해요
난 이미 가출했거들랑요

학생들에게

이 땅의 선생으로 널 어찌 가르쳐야 할지. 회초리 들어 따끔하게 때려줄 수 없는
요즘 너를 잘못 가르친 나의 잘못으로 눈물이 흐른다.

스물하고 열여덟의 노래

그대 스물하고 열여덟을 아는가
챙모자 뒤로 쓰고 힙합바지 입은
젊은 한반도에 대기운이 도래하여
땅과 하늘이 손잡고 춤추는 날이로다

나는 하찮은 말세론자가 아니노라
나는 사이비 종교지도자도 아니노라
나는 스물하고 열여덟 젊은 힙합 가수
시를 써서 랩으로 노래하는 랩퍼가 되리

지금 여기 오월의 언덕에 씨 뿌리니
지금 여기 시월의 열매를 노래하노라
노래가 빛이 되고 빛이 노래되리니
어깨동무 함께 춤추는 날이 곧 오리라

지금 거기 핍박 받는 자 있는가
지금 거기 눈물 흘리는 자 있는가
신음으로 노래하고 웅크려 꿈꾸거라
푸른 하늘 휘날릴 붉은 수건 마련하거라

달려가 보자 드넓은 광장 달려가 보자
펄럭이는 핑크빛 깃발 아래 함께 모이자

세상에 마법은 없어도 기적은 일어나리니
비둘기 떼 지어 날개 치는 그날이 곧 오리라

학생들에게

통일이 오기를 희망하지만 도대체 언제 올까? 젊은 십대들이 힙합으로 통일을
노래하는 날은 도대체 언제 올까?

5
통일,
너에게로 간다

통일,
너는 어디에 있느냐
나는 로마의 기사처럼
오늘도 너에게로 간다

너는 말이 없다지만
나는 너의 외침을 듣노니
사랑하는 이에게 달려가듯
노래하며 춤추며 달려가리라

통일, 너에게로 간다

통일,
너는 어디에 있느냐
나는 로마의 기사처럼
오늘도 너에게로 간다

너는 말이 없다지만
나는 너의 외침을 듣노니
사랑하는 이에게 달려가듯
노래하며 춤추며 달려가리라

너는 숨겨 단단하지만
쓰나미 밀려오듯 그렇게
지진에 허물어지듯 그렇게
너의 가슴 무너뜨리리라

통일,
너는 어디에 있느냐
나는 로마의 기사처럼
오늘도 너에게로 간다

학생들에게

시를 쓰는 일로 통일을 앞당길 수 있으랴 의심하지만 의심 없이 달려가련다. 바람이 들려주는 통일 소식을 시로 전하련다.

비둘기여 솟구치라

너는 언제까지
어둠의 땅 동토에서
길에 허이옇게 널브러진
모이나 찾으며 살으려나

바보 같은 눈빛 더 이상
푸른 하늘 올려보지 말아라
구구구 장님처럼 보지 못하고
이리저리 두려움에 쫓기는구나

뭉툭해진 부리 더 이상
붉은 바위에 갈아내지 말아라
탁탁탁 벙어리처럼 말도 못하고
이리저리 채찍에 비명치는구나

윤기 있던 날개는
깃털을 뽑은 지 오래
정곡을 찌르던 발톱은
시멘트 바닥에 부러졌구나

이토록 뒤뚱거리는 너는
그토록 오래 바닥칠 것이고

무덤 속에서 생명 꿈꾸리니
더 이상의 빛은 없으리라

그러니 일어나라 비둘기여
본능의 날개 솟구쳐 올라라
비참한 목숨이 장작이 되어
어둠을 밝히는 모닥불 되라

더 이상의 바닥은 없고
더 이상의 어둠은 없도다
더 이상의 속박굴레 없으리니
널 둘러싸인 철책을 찢어라

어리숙한 포수의 총구 위
빛나는 푸른 하늘이 보이는가
포수마저 휘청이는 발걸음에
제 홀로 붉은 태양 쏘았구나

비둘기여 힘차게 솟구치라
높이높이 날아오르려므나
푸른 하늘 하이얀 구름에
둥지 틀고 새끼를 길러보자

바람이 불어라

바람 바람아 불어라
통일 소식 들려오누나
동토의 땅 여기저기 구석구석
봄바람이 불어 오누나

휴전선에 나팔소리 울리니
노루 사슴 반갑게 춤추도다
오호라 둥기둥기 아리둥기야
얼싸안고 춤추자 노래 부르자

세계만방에 메아리치니
만민 백성 환호하누나
한반도 여기저기 구석구석
통일 소식 울려 퍼지누나

동해 서해 고동소리 울리니
오징어 꼴뚜기 뛰어오르도다
오호라 둥기둥기 아리둥기야
얼싸안고 춤추자 노래 부르자

학생들에게

제 아무리 튼튼한 철책이라도 통일바람 막을 수 없듯 바람에 실려 오는 통일 소식 감출 수 없단다.

6·15 공동선언의 꿈

— 4차 핵실험을 보며

강성대국 꿈꾸는
그네 땅 백두 장군은
지하 수백 미터 뿌리내린
커다란 핵꽃 피워 올렸다

평화통일 꿈꾸는
이네 땅 한라 대통령은
무기 수입 세계 1위 9조
전선마다 화약봉오리 피웠다

누가 높이 날릴까
누가 멀리 날릴까
한민족 체육대회도 아닌
한반도 총 겨루기 대회였다

평화 교류 협력을 약속한
6·15 공동선언 포옹한 꿈이
헛되고 헛된 물거품이었던가
풍계리에 거대한 무덤만 팠구나

학생들에게

2000년 6월 15일, 남측 김대중 대통령과 북측 김정일 위원장이 정상회담으로
만나 평화적 통일을 위한 '평화', '교류', '협력'을 약속하였단다.

남남북녀

당신과 나는 통일 연인
신화 속 원래 하나인 우리
서로의 자존심만 내세우며
너무나 오래 떨어져 살았다지

남과 여로 태어나
서로의 목마른 가슴
낮엔 아닌 척 외면하고
밤엔 환상 그리며 꿈꾸었다지

순백의 부드러운 피부
풍만한 저 개마고원 언덕
백두에서 태백으로 이어지는
낭림의 말 못할 고백을 듣노니

실수 잦은 용기로
그대에게 한없이 다가가고픈
어찌할 수 없는 통일 숙명으로
돌아선 그대 부르곤 한다지

여인아! 내 여인아
하나 되고픈 그대 속내

개성 손 내밀어 굳게 잡고
금강산 오가며 얼싸안아 보자

남북 이산가족이 아니더라도 남북 최대 이슈는 통일이란다. 서로 그리워하면서
평화적으로 결혼으로 하나 되는 것이 상생하는 길이란다.

구멍 난 우산

하늘 보고 숨 좀 쉬자고
카키색 우산에 구멍 냈더니
비가 내려 줄줄 새들더라

우산 썼으니
비 그을 수 있었지만
터진 구멍 정(情) 비치도다

자본주의 총 검은 물
가는 곳마다 우산 무너뜨리니
서구에 비가 쏟아지더라

우산 속 구멍으로
폭탄 같은 검은 빵 들어가니
그네 다문 입 터져버릴까나

두려워 구멍 막으니
인민 가슴에 마른 그리움
흠뻑 젖을 단비 꿈꾸도다

학생들에게

우산은 사회주의를 고수하는 정책이고 검은 물은 콜라, 검은 빵은 초코파이를 말
한단다. 사회주의를 무너뜨리는 콜라와 초코파이의 힘을 시로 썼단다.

압록강

동포여! 동포여 우리
사람답게 사는 땅 압록강에서
뜨겁게 하나 되어 만나자

반도의 정과 한이 흐르고
반도의 살과 피가 흐르고
반도의 꿈과 사랑이 흐르는 강

한라산과 백두산이 만나고
반도와 중이 만나 악수하고
반도와 러가 만나 번영하는 강

기차 타고 만리장성 달려가고
기차 타고 모스크바 내달리고
기차 타고 유럽여행 노래하는 강

더이상 굶주림 없고 배불리는 강
더이상 핍박이 없고 자유하는 강
더이상 죽음이 없고 상생하는 강

동포여! 동포여 우리
사람답게 사는 땅 압록강에서
뜨겁게 하나 되어 만나자

데칼코마니 사랑

도화지 반으로 접었다
물감 짜서 모양을 만들어
다시 접어서 손으로 문지르면
환상의 나비 되고 악마도 되는 그림

한반도 반으로 접었다
물감 짜서 모양을 만들어
다시 접어서 사랑으로 문지르면
환상의 통일 되고 평화도 되는 그림

평양과 서울이 만나고
원산과 강릉이 만나고
평안도와 전라도가 만나고
백두산과 한라산이 만나는 그림

검붉은 물감을 짜서
저마다 모나고 각진 모양으로
고집 피우고 싸움질만 해대면
드라큘라 악마가 되는 그림

연분홍 노랑 파랑
둥글게 예쁘게 보듬으며

나누고 안아주며 도닥여주면
무지개 나비 나는 그림

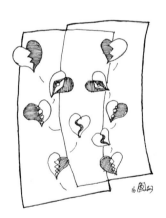

학생들에게

남북을 반으로 접었다 다시 펴면 짝이 되는 그림처럼 도시와 도시, 마을과 마을
이 결합하면 5년 내에 쉽게 하나 되어 잘 사는 통일 한반도가 될 것이란다.

통일 술래잡기

통일이 어디 있노
통일이 어디 있노
바람 부는 나뭇가지 끝
흔들리는 잎 속에 있나
햇빛이 머무는 저 들꽃
설레는 꽃잎 속에 있나

술래가 어디 있노
술래가 어디 있노
웅성거리는 어둠 속에 있나
찬란거리는 햇살 속에 있나
마귀처럼 두려움 속에 있나
천사처럼 내 안에 들어 있네

술래가 모든 것 찾으리
술래가 모든 것 찾으리
북녘 인민 신음소리 멈추리
남녘 백성 신음소리 멈추리
남북이 하나되어 춤추게 하리
온 세상 비둘기 휘날리게 하리

학생들에게

술래잡기 하듯, 보물찾기 하듯, 어쩌면 통일은 술래잡기 게임이란다.

통일의 날

얼마나 많은 날을
더 기다려야 통일이랴
얼마나 많은 목숨
더 죽어야 통일이랴

하루가 구름처럼 흐르고
일 년이 날개 달고 날아가니
돌처럼 굳어진 마음으로
살아생전 그대 만날 수 있으랴

세상살이 고된 그네나
세상살이 자유한 우리네나
모두 예리한 칼끝에 섰나니
한순간에 포옹하길 원하노라

닫힌 마음 활짝 열고
철책 걷어내면 그뿐인 걸
얼마나 많은 날을
더 기다려야 통일이랴

학생들에게

뭐든지 때가 되면 이뤄지겠고 그때가 되면 한 순간에 통일이 오겠지만 그때를 기다리는 안타까운 마음을 노래했단다.

통일 축제의 노래

어둠 가시덤불 속에서
눈물 흘리는 인민이여
두 팔 벌려 노래해요
당신이 오리라는 것을

가시철조망 굶주림
끝까지 견뎌야만 해요
어둠 같은 먹구름 속에서
태양이 떠오르고 있어요

전능하신 창조주는
영광의 날 솟구치는
환희의 통일 축제를
예비하고 계시네요

고통과 시련 속에서
눈물 흘리는 인민이여
두 팔 벌려 노래해요
당신이 오리라는 것을

학생들에게

시련과 고통 속에 하루하루 견디는 북녘 동포들의 삶에 하루 빨리 통일이 다가와
남북이 하나 되어 축제의 노래를 부를 날을 기다린단다.

통일 아리랑

하늘은 끝없이 높푸르고요
산천은 한없이 투명하네요
남북이 같이한 판문점에는
찬란한 태양이 떠오르도다

북이여 그동안 수고많았네
서로가 반갑게 포옹한다네
남이여 그동안 기다렸다네
해맑은 꽃웃음 피워본다네

백두로 치닫는 마음모아서
한라로 솟구는 열정모아서
미운맘 동해로 던져보세나
아픈맘 서해로 던져보세나

북녘에 어여쁜 여성네들과
남녘에 멋있는 남정네들이
둥글게 손잡고 강강술래라
아리랑 춤추는 통일이라네

학생들에게

통일 드라마처럼 철책이 무너지고 남북한 주민들 서로 얼싸 안으면 남북이 하나
된 마음으로 함께 부를 통일 아리랑을 써 보았단다.

시평

– 금쪽같은 아이들의 시집평

통일로 함께 가는 아이들

❖ **남북통일의 시발점**

「통일의 물꼬를 트라 1」 '대한의 통일로 함께 번영하리니 / 그대! 남북통일의 첫 물꼬를 트라' 가 참 인상적이었습니다. 그동안 남북통일은 남한과 북한만의 문제라고 생각했는데 주변국의 협조가 필요한 문제였다는 것을 시를 통해 알게 되었습니다. 남북통일에 협조한 주변국들이 그로 인해 함께 이익을 얻는다면 좋은 일이겠죠? 또한 학생들이 쉽게 이해가 가도록 따로 풀어서 설명해주신 부분도 좋았습니다.

저는 평소에 남북통일이 필요하다고 생각했습니다. 통일비용도 어마어마하지만 분단비용도 그에 지지는 않으며 통일비용은 통일이 된 후 지속적인 발전으로 충분히 상쇄되리라 생각합니다. 그러나 구체적인 방법은 생각하지 않은 상태로 무작정 '통일은 필요해!' 라고 생각할 뿐이었는데 오늘 이 시집을 통해 '통일을 어떻게 해야 하는지'에 대해서 고민하게 되었습니다. 통일을 위해 먼저 필요한 것은 남북한 사람들의 통일을 해야 한다는 인식과 주변국들의 협조입니다.

선생님의 시들을 보며 교실에서 저희를 가르치시는 선생님의 모습과는 다른, 시인으로써의 선생님의 모습을 보게 된 것 같아 굉장히 새로웠습니다. 선생님의 시집이 남북통일의 시 발점이 되기를 기원합니다.(양서영)

❖ 통일, 남과 북이 만들어 내는 한 폭의 그림

「데칼코마니 사랑」에서 '한반도를 반으로 접었다 / 물감 짜서 모양을 만들어 / 다시 접어서 사랑으로 문지르면 / 사랑의 통일되고 평화도 되는 그림'이라는 구절이 마음에 와 닿았습니다. 처음에는 하나였지만 지금은 둘로 나누어진 한반도.

하나와 다른 하나가 만나면 아름다운 그림이 되거나 때론 무서운 그림이 되기도 합니다. 통일은 일방통행이 아니라 남한과 북한이 나누고, 안아주고, 보듬어주어 하나의 그림으로 만났을 때 비로소 통일의 한반도가 완성될 수 있으리라 생각합니다. 하루 빨리 이 땅에 무지개 나비 나는 그림을 보게 될 수 있기를 소망합니다.(조서연)

❖ 우리 모두가 함께일 때 아름답다

마지막에 「통일 아리랑」에서 '북녘에 어여쁜 여성네들과 /

남녘에 멋있는 남정네들이 / 둥글게 손잡고 강강술래라 / 아리랑 춤추는 통일이라네' 를 읽었습니다. 통일 아리랑은 혼자가 아닌 남북이 함께라서 부를 수 있는 노래입니다. 우리는 혼자 살면 더 잘 살 거라 생각합니다. 그러나 남도 북도 서로 외롭기에 늘 오래전부터 함께 해오던 소중한 사람들이 다시 만나야 활짝 웃을 수 있습니다.

저는 이 시집을 읽으며 함께 우리 사이를 가로막는 철조망을 넘어 손에 손을 마주잡고, 눈을 맞추고, 발을 맞추며 강강술래를 돌아내는 모습을 상상했습니다. 다른 사람들도 이 책을 읽고서 함께하는 아름다운 통일을 꿈꾸었으면 좋겠습니다.(양연주)

❖ 서로를 배려하고 포용하는 마음

「누님에게 2」에서 '나라 평화 이루고 / 인민 부강 이루어 / 통일 조국 앞당깁시다요' 가 인상적입니다. 북한과 우리나라의 사이를 누님과 동생으로 표현함으로써 북한과 남한이 형제자매 사이 못지않게 가까우며 서로가 서로에게 영향을 주어 전보다 더 발전하는 미래의 대한민국을 그린 것이 좋았습니다. 우리는 북한이 형제자매라고 하지만 왠지 형제자매이기에는 멀다고 생각하였거든요.

통일은 온 국민에게 주어진 큰 과제이자 서로가 서로의 손을 잡고 이뤄나가야 할 의무라고 생각합니다. 통일이라는 말은 단순히 분단을 합치는 것만이 아닌 민족의 발전, 문화의 발전을 넘어 역사의 발전을 의미하는 것이지요. 그러기에 통일은 눈물이 아닌, 무기도 아닌. 서로가 서로를 배려하고 포용하는 마음에서 비롯된다고 생각합니다.(이채민)

❖ **하나로 피어나는 아름다운 꽃밭세상**

「성선화」에서 '이십오 꽃송이 중에 / 오직 그네 검은 한 송이 / 햇볕 접고 바람 고이 접으면 / 천하 꽃송이 만발하리라' 꽃잎이 모여 꽃이 되고, 꽃이 모여 사람이 됩니다. 사람은 각기 다른 색과 질감의 꽃잎이 모여 완성된 '하나'의 꽃입니다. 통일도 역시 따갑게 내려쪼이는 햇볕과 몰아치는 바람이라는 매정한 꽃잎들이 서로 '하나'로 피어나는 것이 아닐까요.

그저 허황된 말로만은 꽃이 피어날 수 없다고 감히 장담합니다. 아직도 철조망이 허리를 조이고 있는 아담한 뜰을 책임지고 있는 정부라는 정원사로써, 그 나라의 국민이라는 꽃밭으로써, 우리는 '통일'이라는 또 하나의 꽃을 길러내기 위해 책임감을 가져야 합니다. 그저 여러 송이 꽃들이 만개해 서로 어우러지는 꽃밭세상을 소망해 봅니다. 꽃밭 가득 하나일 때 우리는 가장 아름답습니다.(방세은)

❖ **통일로 북한 주민에게 자유를**

해외여행을 갔다가 외국인이 '어디서 왔느냐?'고 물어봤을 때 '코리아'라고 답하면 북한인지 남한인지를 되물어 봅니다. 호랑이의 허리가 끊어진 것을 전 세계가 알고 있는 것입니다. 고통스러운 분단에서 통일로 가기 위해 우리나라에서는 통일협상과 원조를 보내주고 있지만 북한은 아직도 남한에게 마음을 열어주지 않고 있습니다. 북한 주민들의 인권을 심각하게 침해하고 있습니다.

시 「유엔 북한 인권회의」에서 '그대 힘이 있거든 / 갇힌 자 자유하게 하라 / 억눌려 있는 자 노래하게 하라 / 묶여 있는 자 달려가게 하라'에서 마치 희망이 가득한 통일 세상에서 북한 인권이 존중받는 모습을 보는 듯했습니다. 인민을 위한 나라라며 '조선민주주의인민공화국'이라고 해놓고 언행불유(言行不類)를 저지르고 있었습니다. 빠른 시일 내에 북한이 마음을 열고 통일을 이룸으로서 북한 주민에게 자유를 선사하는 밝은 미래를 볼 수 있기를 소망합니다.(이채운)

❖ 이산가족상봉을 위한 협상

남북 이산가족은 70년 아픈 설움으로 살아왔습니다. 시 「고무줄놀이」를 보면 '백두의 남동생과 / 한라의 누님이 고무줄 잡고 / 길게 당겼다가 짧게 오므렸다가 / 무릎에 걸었다가 가슴께로 올린다'라는 구절에서 이산가족의 상봉을 고무줄놀이에 비유하고 있습니다.

통일은 고무줄놀이처럼 남과 북 중 어느 한 쪽이라도 무관심하거나 협조를 하지 않는다면 이뤄질 수 없다는 것을 알 수 있습니다. 남과 북 모두 통일에 관심을 가져 서로 배려하며

합의에 의해서 평화롭게 이루어져야 합니다.(임정우)

❖ 서로 한 발짝씩 양보로 이루어가는 통일

「대통령의 유엔 연설」에서 '꿈꾸는 자 꿈꿀수록 일이 많듯이 / 유엔의 깃발 아래 동그랗게 사는 꿈 / 푸른 비둘기 세계 만방에 날려 보내라' 라는 부분이 우리의 소망을 가장 잘 담은 구절이라고 느꼈습니다. 유엔이라는 평화적인 기구조차도 막을 수 없는 북한의 위험한 행동들이 아쉽고 그런 것들 때문에 통일이 될 수 없는 우리의 현실이 더더욱 슬펐습니다.

이 시를 읽으며 신호현 선생님의 통일을 원하는 간절한 마음이 우리 학생들과 공감할 수 있음을 느꼈습니다. 물론, 평화통일을 하기 위해서는 무력을 통해 통일하는 것보다 훨씬 더 많은 시간이 필요합니다. 하지만, 우리는 한 민족이기에 그 누구의 희생도 정당화될 수 없습니다. 너무 조급해 하지 말고 서로 한 발짝씩 양보해가며 이루어가는 통일이 필요합니다.(조주현)

❖ 효과적인 통일 방법

「동지」에서 '우리네야 그깟 동지 / 매서울 바 없다지만 / 그네들 동지 있는 곳 / 바람보다 매서운 독재 / 파고드는 허기와 추위 / 북녘 가득 시려울 텐데' 라는 작품을 감동적으로 읽었습니다. 지금까지 저는 '통일을 해야 한다', '통일을 하자' 는 주장의 글을 읽었지만 정작 북한 사람들의 고통, 아픔, 힘듦을 담아 배려하는 글은 처음 읽었습니다.

통일을 하면 좋은 점이 많지만 그것은 통일을 '하면' 입니다. 아직 분단되어 있는 한반도 북쪽엔 아직도 선생님의 시 '동지' 처럼 힘겨워하는 우리의 민족들이 많다는 것입니다. 통일의 장점보다는 북한 사람들의 아픔을 통해 통일의 필요성을 드러내고 교육하는 것이 효과적인 통일 방법이 아닐까 싶습니다.(황서원)

❖ 서로 사랑하기에도 부족한 우리의 시간들

세상 많은 사람들 중에 같은 하늘을 이고 한 나라에 한 울타리에 산다는 것이 얼마나 소중한 일입니까. 「무너지는 가슴」에서 '서로 사랑하지 않아도 될 만큼 / 그대는 외롭지 않더이까' 라는 구절이 가슴 속 외로움을 파내고 자리해 가슴 속에서 떠나지 않습니다. 이 구절만큼이나 우리가 사랑해야 한다는 것을 잘 보여주는 구절은 없었던 것 같습니다.

우리에게 주어진 짧은 시간들 서로 사랑하고, 의지할 시간도 부족합니다. 이 금쪽과도 같은 시간을, 서로 미워하고 죽이며 보내고 있다는 것이 안타깝습니다. 그들은 우리의 가족이고 형제입니다. 백성들은 굶주리는데 핵을 만들고 미사일을 쏘는 우리 어른들이 참으로 부끄럽고 안타깝습니다. 우리에게는 사랑할 시간도 부족하다는 것을 하루 빨리 모두가 알게 되었으면 좋겠습니다.(박규은)

❖ 희생으로 존재하는 대한민국 번영하길

요즘 청소년들 사이에 우리나라에 대한 불평이 많아 다른 나라로 가고 싶다는 친구들이 많았습니다. 「대한민국 코리아」에서 '이순신이 피 흘리며 지켜내고 / 안중근이 목숨 바쳐 찾아내고 / 백범 김구가 꿈꾸던 통일조국'이란 이 시를 통해 우리나라, 대한민국의 대단함을 느낄 수 있었습니다. 수업 때 배웠던 이순신 장군, 안중근 의사, 그리고 백범 김구. 이들이 계시지 않았다면 대한민국이라는 곳이 있었을까요. 결국엔 이들의 희생 끝에 우리나라가 존재함을 알 수 있었습니다.

또 '이 땅의 아이들을 목 놓아 자랑하리라' 라는 구절이 부끄럽지 않게 우리들은 조국을 지키고, 통일을 위해 노력해야 합니다. 이 시에는 원시인 선생님의 바람이 담겨져 있고, '꽃처럼 번영할 것이니 행복하노라' 라는 구절처럼 미래의 대한민국이 빛나길 바랍니다.(조아름)

❖ 통일을 생각하며 음미하는 시집

'통일의 길은 멀고도 험하단다. 우리나라는 여러 강대국들에 치여 서로 갈라지고 말았단다. 휴전선 너머에는 우리의 핏줄이 살고 있단다. 우리는 이대로 살아도 문제없다지만 통일은 너희에게 대박이란다.' 원시인 선생님께서 국어시간마다 우리에게 일러주시던 말씀이었습니다. 이번 시집에는 우리의 표준어가 아닌 북한 사람들의 어투를 사용한 시들도 있어 '그저 통일을 하자!' 는 다른 시들과 달리 북한도 우리의 '핏줄'

이라는 점을 더욱 와 닿게 한 요소일 것입니다.

'서로서로 나누어 평화하고 / 서로서로 화합하여 통일합세구려' 시 「남북대화」의 마지막 구절입니다. 우리가 진정한 통일을 이루기 위해 필요한 것은 무력이 아닌 화합하여 이루는 평화 통일일 것입니다. 통일이 되는 그날을 생각하며 다시 한 번 선생님의 시를 깊이 음미해 봅니다.(황세빈)

❖ 통일시집으로 다가가는 통일의 도화선

세계 유일의 분단국가인 대한민국의 가장 큰 해결해야 할 과제인 통일은 전 국민이 함께 생각하고 준비해야 합니다. 그런 의미에서 사람들이 읽고 쉽게 다가갈 수 있는 '시'라는 형태로 통일에 대해 논한 이 시집은 이 시대에 꼭 필요한, 통일의 도화선이 될 것으로 기대됩니다.

「통일의 날」에서 '닫힌 마음 활짝 열고 / 철책 걷어내면 그뿐인 걸 / 얼마나 많은 날을 / 더 기다려야 통일이랴' 라는 부분이 있습니다. 통일은 무척이나 쉬우면서도 어려운 문제입니다. 한 순간이 될 수 있는 문제이지만, 그러면서도 고통을 감내하는 사람들의 마음가짐이 필요한 난제입니다. 그러므로 이 시집이 많은 사람들이 통일로 다가가는 통일 걸음이 되었으면 합니다.(권가영)

❖ 통일은 우리 시대 우리 젊은이들의 사명

시「누님에게 2」에서 '나라 평화 이루고 인민 부강 이루어 / 통일 조국 앞당깁시다요'가 인상적입니다. 남과 북이 서로를 존중해주고 이해해 주면 더 빨리 통일이 될 수 있다는 점에서 빨리 통일이 되었으면 좋겠다는 생각이 들었습니다. 또한「대한민국 코리아」에서 '내가 부족하여 못다 이룬 꿈 / 너희들이 이어가리니 다행이고 / 꽃처럼 번영할 것이니 행복하노라'가 가슴에 남습니다.

역사를 돌아보면, 과거의 위인들, 많은 독립운동가들께서 지금을 누리는 '우리를 위해' 목숨으로 지켜내신 '대한민국 코리아'에서 마음껏 숨을 쉬고 태양을 마시며 잎을 틔우고 꽃을 피울 수 있게 해주심에 감사드립니다. 통일은 우리 시대 우리 젊은이들의 사명입니다. 열심히 공부하고 꿈을 이루어 열매를 맺는 삶을 통해 통일을 앞당겨야겠습니다.(윤예린)

❖ 평화로운 통일로 자유와 번영하는 그날까지 관심을

「통일축제의 노래」의 마지막 구절이 인상 깊습니다. '어둠 가시덤불 속에서 / 눈물 흘리는 인민이여 / 두 팔 벌려 환영 노래해요 / 당신이 오리라는 것을'고난을 이겨내고 남북이 하나 되어 다시 함께할 그날을 고대합니다. 시집『통일의 물꼬를 트라』는 통일을 위해 외쳤던 고함이 점점 희미해지고 있는 지금, 통일을 기원하는 마음이 불타오르게 만듭니다.

세계에서 유래를 찾아볼 수 없는 3대에 걸친 부자세습 공산 독재 치하에 신음하고 있는 우리 북한 동포를 생각하면 마음이 저려옵니다. 북한 동포의 인권이 개선되고 우리 민족이 평화로운 통일로 자유와 번영하는 그날까지 관심을 가져야 할 것입니다.(정나혜)

❖ **분단국가라는 불명예를 평화통일이라는 명예로**

시들을 천천히 읽다 보니 「통일의 날」이라는 시의 '닫힌 마음 활짝 열고 / 철책 걷어내면 그 뿐인 걸 / 얼마나 많은 날을 더 기다려야 통일이랴' 라는 구절이 마음에 와 닿았습니다. 이 시처럼 철책만 걷어내면 하나가 될 수 있는데, 철책을 사이에 두고 서로 죽이려 들고 총을 겨누는 모습이 너무나 슬펐습니다.

'백지장도 맞들면 낫다' 라는 말이 있듯이 통일이 되면 분단국가였을 때보다 훨씬 더 나은 국가를 만들어 나갈 수 있다고 자신합니다. 이 시집을 통해 대한민국이 세계유일 분단국가라는 불명예를 평화통일이라는 명예로 하루빨리 떨쳐 버리길 기도합니다.(이채정)

남북통일을 위해헌신하는 이상주의자

– 시집 『통일의 물꼬를 트라』를 읽고

박이도
(시인, 문학평론가, 전 경희대 교수)

시인 신호현(申浩鉉) 교사는 남북통일을 위해 헌신하는 이상주의자이다. 이 시집을 읽고 느낀 첫인상이다. 현직교사로 일선에서 통일의 물꼬를 터 가자는 확고한 신념을 가진 민주시민이요, 애국자이다. 그의 통일에의 열망은 학생을 상대로 문학적 감성에 호소하는 열혈 교육자이다.

그는 『선생님은 너희를 사랑한단다』 등 이미 몇 권의 서정시집을 출판한 중견 시인이다. 그는 대한민국 수립 이후 고착화된 남북분단의 현실 앞에, 절실하고도 절박한 통일이라는 시대적 소명에 적극 참여하여 이번에 통일시집 시리즈로 제2권째 되는 『통일의 물꼬를 트라』라는 참여시집을 출판하게 된 것이다. 한반도의 국가적, 민족적 명운(命運)이 된 '조국통일'의 그 엄숙한 당위성에도 불구하고 오랜 세월을 지지부진

하는 동안 우리들의 신세대 젊은이들에겐 남의 나라 이야기처럼 무관심 속에 퇴색해 가는 것이 오늘날의 현상이다.

신호현 시인은,

대한의 통일로 함께 하리니
그대! 남북통일의 물꼬를 트라

라고 호소한다. 아니, 심정적으로는 명령을 하는 것이다.

과연 신 시인은 통일문제를 어떻게 생각하고 어떻게 대응해 갈 것인가. 그는 이미 통일시집 '통일, 너에게로 간다' 시리즈 제1권 『우리는 바다였노라』의 서문에서,

남북분단의 상황에서 사상을 노래하는 것이 아니라 평화를 노래하는 것이다. 절망을 노래하는 것이 아니라 희망을 노래하는 것이다. 남과 북은 지구상 최대의 휴화산이다. 통일의 고통은 운명이지만 극복해야 할 과제이다. 그 과제 속에서 천안함이 폭침되고, 연평도가 불타고, 개성공단이 열리고, 금강산 발걸음이 바빠질 것이다.

통일은 남북이 함께 끌어안고 가야 할 더 큰 아픔이 기다리고 더 큰 기쁨이 기다릴 것이다. 휴전선에 무지개 풍선이 떠오르고 마침내는 북녘 하늘에 비둘기가 자유로이 날 것이다. 북녘 바다에는 언제나 역사가 출렁이고 문학의 수평선에는 원대한 태양이 떠오를 것이다.

라고 말하고 있다. 신 시인의 통일시가 지향하는 이념과 그 실천방안을 천명한 글이다.

과거 일제 식민치하에 임시정부 주석이었던 백범 김구 선생은,

누가 나에게 소원이 무엇이냐고 묻는다면,
'나의 소원은 대한독립이요' 라고 대답할 것이다. 두 번째 소원을 묻는다면,
'나의 소원은 우리나라의 독립이요' 라고 대답하고, 세 번째 소원이 무엇이냐고 또 묻는다면 그 때에도,
'나의 소원은 우리나라 대한의 완전한 자주 독립이오' 라고 대답할 것이다.

— 「백범일지」 중에서

신 시인의 남북통일을 바라는 염원은 가히 백범 김구 선생의 소원에 비견되는 것이다. 신 시인의 통일 일념의 시편들에서 김구 선생의 자문형식의 질문을 말해 본다면 그는,

첫째, 나의 소원은 남북통일이요,
둘째, 나의 소원은 대한조국 통일이요,
셋째, 나의 소원은 자유민주주의 대한민국 통일이오.

라는 대답이 나왔을 것이다. 그 소신(所信)이 이번 통일 시집 제2집에서도 중심 이데아가 되어 시편들로 그득 담겨 있다.

시집 속에서 몇 편을 골라 감상해 보자.

통일의 물꼬를 트라 2
– 시진핑 주석

두려운가 그대여 / 70년 분단의 남북통일이 / 본래 한 민족의 나라 대한민국이 / 다시 하나가 되어 날개 치는 것이 // 거울을 가만히 들여다보라 / 대조영의 발해가 두려웠던가 / 삼국 분단 고구려가 두려웠는가 / 안정된 고려 조선이 두려웠는가 // 일개 성(省)만도 못한 북이 / 분단으로 서로 국력 기르더니 / 미사일에 핵으로 무장하였도다 / 그네들도 근심되긴 한가지련가 // 반도는 통일꽃 피워도 / 대륙으로 침범하지 않으리니 / 분단의 때에 대륙 정벌했고 / 평화의 때에 화친했노라 // 중화 주석 시진핑이여 / 남북통일의 물꼬를 트라 / 반도에 무궁화꽃 활짝 피워 / 함께 가자 평화의 세상으로

이 시는 중국의 통치자인 시진핑 주석에게 보내는 메시지 형식이다. 정치외교적인 거대 담론임에도 아주 감성적 차원에서 호소하고 있다. 지정학적인 위치로 볼 때 우리나라는 미, 일, 중, 러 강대국의 침탈로 늘 불안한 상황 속에서 살아왔다. 중국과는 역사적으로 볼 때 친구와 적대 관계를 반복해 왔다. 6·25전쟁 이후 관계를 개선하여 한중 우호관계를 맺으려 노력하지만 중간에 북한이 있어 갈까울래야 가까울 수 없

는 사이가 되었다. 그러나 미래 사회는 사상과 이념보다는 경제 개발을 통한 번영으로 잘 사는 선진국을 향한 상생을 바라볼 때 중국과 한국의 공동 번영을 위해 시진핑 주석의 용단이 필요한 시기이다.

신 시인은 이 시에 '학생들에게' 라는 한줄 팁(Tip)을 달아 과거 역사적인 한·중 간의 침략사를 팩트로 제시하여 학생들에게 나름대로 이해할 수 있는 단서를 제시함으로써 우리 상황을 이해하는데 도움을 준다. 이 시에선 '역사를 돌아보면, 우리나라가 분단의 때에 군사력을 키워 중국을 침범했고, 평화의 때에 중국을 숭상했으니 한반도의 평화통일은 중국과 화친의 시작이란다' 라고 말하고 있다. 한반도를 중심에 두고 시시각각으로 변해가는 국제정세, 남북 간의 극한적인 대립 상황에서 중국의 역할이 중차대함을 간과(看過)하지 않았다.

누님에게 1
– 여성 대통령

누님! / 축하드리디요 / 여성 대통령이시라 // 앞서가는 남조선 / 최초의 여성 대통령 뽑았디요 / 크게라도 축하 드리디요 // 내래 할아버지 이어 / 선군 정치 이어가듯 / 누님도 남한 발전 이어가겠디요 // 우리 북과 남이 / 통일하여 하나 되기까지 / 서로 존중하디요 // 내래 마음은 / 크나큰 꽃다발이라도 / 보내고 싶디만요 // 겉으로 보내지 못함을 / 누님 맘으로 이해해 주시구랴 / 속으로

축하드리디요

이 시는 대통령으로 당선한 박근혜 대통령과 북한의 김정은 위원장이 심정적으로 주고받는 정서를 대화형식으로 희화화(戲畵化)한 작품이다. 구어체로 김정은 위원장의 순진한 내심을 드러내 보인 것이다. 박근혜 후보가 투표에 의해 대통령에 당선되었다는 소식에 김정은 위원장은 내심으로 얼마나 부러웠을까. 자유민주주의 국가에서 평화적으로 정권이 탄생한다는 사실을 독재로 이어갈 수밖에 없는 자신의 처지와 비교해 본다면 말이다.

신 시인은 이 시에 '학생들에게' 라는 팁(Tip)에서 '통일의 첫 마음은 서로 이해하고 존중해 주는 마음이란다. 인간적으로 생각하면 서로 축하하고 기뻐할 일도 정치적으로 생각하면 극으로 치달리게 되는 거겠지.' 라고 말함으로써 남북의 대통령과 위원장이 정치인이기 전에 인류애를 가진 한 인간으로 바라보고 있다.

국어시간에 1
― 남침

북침은 북한이 / 침범한 것이 아니라 / 북으로 침범했다는 뜻이란다 // 남침은 남한이 / 침범한 것이 아니라 / 남으로 침범했다는 뜻이란다 // 그 아픈 6·25는 / 평화로운 휴일 새벽에 / 북한이 남으로 침범했으니 // 북침

이라 해야 하니 / 남침이라 해야 하니 / 너희들은 대답
할 수 있겠니

　6·25가 북침(北侵)인지 남침(南侵)인지 잘 모르는 학생들이
있다고 들었다. 비단 한문교육의 부재로 인한 단어의 의미 결
핍의 결과만이 아닐 것이다. 전쟁을 겪어보지 못한 젊은 세대
들은 공산주의가 얼마나 무서운지 모르는 까닭이기에 반공
교육이나 역사교육을 소홀히 한 탓일 것이다. 또한 일부 교사
들이 수업 시간에 남침 사실을 '북침'이었다고 왜곡하는 이
념적 일탈을 일삼는 사례로 인한 결과의 하나일 것이다. 신
시인은 학교 현장에서 학생들이 꼭 알아야 할 역사교육을 시
라는 도구를 빌어 하고 있는 것이다.

국어시간에 7
– 오월 장미

70년 전 하루아침에 / 38선 넘어 쳐들어 왔듯 // 오월
장미가 슬금슬금 / 붉음 담장 넘어 오네요 // 하이얀 한
반도 곳곳 / 붉은 물감 뿌렸듯 / 우리의 통일도 / 하루
아침에 오겠지요

　'국어시간에'라는 연작 시편들 중에 이 시는 통일이 예고
하고 오는 것이 아니라 은근슬쩍 하루아침에 기적처럼 올 수
도 있다고 보고 있다. 마치 '오월 장미가 슬금슬금 / 붉은 담

장을 넘어' 오듯이 말이다. 우리 집과 이웃집 사이에 담장이 있으나, 오월 장미는 인위적인 그 경계를 자연스레 넘어간다. 우리는 자유민주주의에 기초한 헌법 가치에 따라 교육현장에서 시적인 통일교육이 이뤄지기를 소망한다.

신 시인은 한줄 팁(Tip)에서 '국어시간에 너희가 열심히 공부할 때 잠시 창밖을 내다보았단다. 총탄을 맞은 가슴처럼 붉게 피어오른 장미꽃이 이제는 통일꽃이 되길 소망한단다.' 하고 학생들에게 들려주듯이 수업하는 짧은 간극 사이에도 통일을 꿈꾸는 시를 쓰고 있다. 꽃이 밤사이에 활짝 피듯 통일꽃도 우리가 인식하지 못하는 어둠과 혼란 속에서 활짝 피어오를 것이다.

신 시인의 통일시집 1집 『우리는 바다였노라』에 실렸던 시편들 중에 기억이 생생한 한 편만 더 읽어보자.

꽃제비의 죽음

지난여름 / 황해도와 / 평안도의 홍수로 / 배급은 / 무-정-하-게 / 중단되었다 // 쌀밥이 떨어지자 / 옥수수밥 / 옥수수죽 / 묵지가루죽 / 논의 벼뿌리죽 / 나무껍질 풀죽까지 / 먹을 것 없어 / 굶고 사는 것이 / 검은 하늘이었다 // 꽃제비들과 / 영양실조 아이들 / 북녘에서 춤을 춘다 // 꽃다운 청춘 / 피워보지 못하고 / 아지랑이로 피어오른다

북한 주민들의 삶은 우리 대한민국 국민들의 삶과 비교해 볼 때 어떤 차이가 있을까. 우리는 각종 매체를 통해 북한 주민들의 피폐(疲弊)한 삶을 보아왔다. 인권이 말살된 나라의 처절한 참상을 확인해 왔다. 남한은 인권이 지나칠 정도로 존중되어 자기주장을 맘껏 펼칠 수 있다. 먹을 것, 입을 것, 쓰는 학용품들도 넘쳐난다.

그런데 북한은 인권을 빼앗기고 먹을 것, 입을 것, 쓰는 학용품들이 턱없이 부족하다. 어린아이들이 먹을 것이 없어 가출하여 여기저기 돌아다니며 노숙하고 먹을 것을 찾아 방황하는 모습들은 우리의 눈을 의심할 만큼 비극적이었다. 그 한 장면의 이름이 '꽃제비'이다. 북한의 가출 어린이들에게 '꽃제비'라는 이름을 붙여준 것은 한국의 언론이다. 역설적인 반어법이 표현된 것이다.

반면, 지금 먹고 입는 것이 넘쳐나는 대한민국에서 가장 큰 문제는 첨예하게 분열된 이념적 갈등이 한층 고조되고 있는 형편이다. 법조, 정치, 종교, 교육, 문화, 노동계 등 전방위로 일삼는 다툼에 국민은 피로감에 싸이고 불안감마저 쌓여간다. 특히 정치, 법조계에서까지 우리의 헌법상의 정체성이 의심 받는 판결이 나오거나 저들의 언술행위가 상식적이지 못한 일이 다반사가 된 것이 어제오늘의 일이 아닌 것이다. 이것이 오늘날 우리 남한의 현실이다.

극에서 극으로 치달리는 남한과 북한의 현실이 마치 자석의 N극, S극과 같다. 한 일(一) 자 모양으로 서로 버티면 서로 밀어내기에 급급하겠지만 고개를 돌려 둥글게 둥글게 서로 다른 자성을 돌아보면 서로 강력히 당기며 끌어안게 마련이다. 부디 정치와 이념이 아닌 인간애란 자성으로 서로를 끌어당겨 통일함으로써 북한의 어린이들이 '꽃' 처럼 아름답고 수려하게 창공을 나는 '제비' 처럼 희망의 새 날, 통일의 그날이 오기를 기대한다.

아울러, 통일 의식이 목마른 이즈음 세르반테스의 돈키호테처럼 남북통일을 위해 헌신하는 이상주의자인 신 시인의 통일시집 '통일, 너에게로 간다' 시리즈 제2권 『통일의 물꼬를 트라』 출간을 축하해 마지않는다.